Línea de tiempo

Erika Parodi

Línea de tiempo

Erika Parodi

ISBN 978-631-00-3853-7

Hecho el depósito que indica la ley 11.723

Impreso en Argentina- *Printed in Argentina*

Primera edición: junio de 2024

Parodi, Erika Eliana
  Linea de tiempo / Erika Eliana Parodi. - 1a ed. -
Quilmes: Erika Eliana Parodi, 2024.
  112 p.; 22 x 14 cm.

  ISBN 978-631-00-3853-7

  1. Poesía Argentina. 2. Literatura Contemporánea. 3.
Reflexiones. I. Título.
  CDD A861

"No se trata de sufrir, se trata de comprender el sufrimiento. Se trata únicamente de vivir"

Albert Espinosa

Introducción

¿Cómo comenzar a escribir algo tan importante sin sentir aquella necesidad absurda de cumplir expectativas? Sé que a ella seguramente le conforman garabatos, pero entiendo que confiarme la introducción de Línea de tiempo es quizás el mayor honor que me podría haber otorgado. Con muchos miedos por poder cumplir mis propias expectativas y de lo que yo quiero que sea esta introducción, comienzo a escribir lo que en mí genera esta mágica obra que Erika decidió compartir.

Mi esófago, y espero que todos puedan entender esta referencia, se llena de mariposas que entrelazándose forman un nudo enorme cada vez que leo alguno de aquellos poemas. No es tristeza, ni melancolía, ni nostalgia lo que en mí genera, es un cúmulo de sentimientos que me son complicados identificar; pero que cada título personifica bien. Son procesos por los que pasamos aquellos que estudiamos y los que no también. Son aquellos sentimientos de amor y rabia que van en compañía de muchos otros que intentamos desesperadamente comprender, para darle paso a algo más. Los encuentros y desencuentros son hermosas historias escritas entre las estrellas que nos iluminan con luz propia. Cada poema, cada texto escrito en Línea de tiempo tiene una luz propia que intenta conservar aquello que nos queda luego de rompernos un poco. Cuando entregó todo de mí, cuando doy todo lo que soy y el otro se va sin decir nada, ¿Qué es lo que queda de mí? Simplemente el cascarón roto, tus sentimientos desperdigados hacia el mundo. Qué importa lo que pasó, importa sentir y vivir en este mundo al que a veces se le olvida recordarnos que de eso se trata todo, no del dolor, sino de vivir a través de él, de aprender a ver la luz en la oscuridad. Si duele es porque importó y en Línea de tiempo vemos como se hace un lugar a ese cúmulo de emociones que uno intenta olvidar cuando se rompe, pero de esas situaciones salen cosas grandiosas.

Línea de tiempo es aquello que a viva voz te grita jugatela, que aunque arriesgues y pierdas, aunque todo ocurra en tiempo de parciales y en época de pandemia, vale la pena vivir, porque vivir es jugar y jugar trae arraigado el ganar aunque pierdas.

Gabriel Ghisolfo

Parte I

"En tiempo

de parciales"

Prólogo I

Este pequeño compendio de poemas o escritos nació a partir de una broma repetida muchas veces. Nació a partir de la necesidad de plasmar de alguna forma el cúmulo de emociones que florecían de una manera intensa en los momentos en donde más debía estudiar, cuando más debía estar concentrada, porque como una broma del universo parecía que todo pasaba en esas semanas; y es que aunque parezca exageración, la vida del joven universitario se maneja por cuatrimestres o por fechas de parciales.

En estos poemas podrán encontrar que algunos cuentan una historia, otros simplemente un sentimiento profundo, otros son casi un vómito de palabras en un momento de desborde.

Cada uno lleva un pedazo de la emoción que me dominaba en ese instante, son el resultado de un intento de alivianar el estrés. Pero sobre todo, son el reflejo de los sentimientos más puros que debían salir de mi cabeza para poder continuar con las lecturas obligatorias o con las guías de ejercicios.

Sí, este es un libro que podría llamarse de mil maneras.

Pero los que lo vivimos sabemos que todo pasa "En tiempo de parciales".

12

Tus besos me saben a mate

En cada encuentro estaba presente, como si fuera el invitado de lujo, como un espectador de aquello que se estaba forjando o, tal vez, como un tercer participante de aquella historia. Es que tus besos me saben a mate, un mate amargo y un poco lavado, al que no le importaban las perfecciones, porque lo importante era respirarnos y encontrarnos. Ese rito tradicional que no abandonamos fue la excusa de aquellos encuentros furtivos, y tal vez, fue él el responsable de aquel primer encuentro.

Ahora después de todo ese tiempo, tus besos aún me saben a mate y ese mate me recuerda el sabor de tus labios, la danza de tu lengua en la mía, el sentir tus dientes en mis labios y como un soneto final, él, hoy me recuerda a tus labios en esas tardes donde tus besos que me sabían a mate.

Epílogo de un corazón roto

Fuiste mi primer amor, la primera en mi vida, fuiste la dueña de cada lágrima que cayó por mi rostro y fuiste la magistral autora de un dolor tan profundo que quedó marcado en mi ser.

Fuiste tantas cosas.

Me mostraste tantas cosas.

Me enseñaste tantas cosas.

Me contaste tantas cosas.

Me escuchaste en tantas cosas.

Fuiste tantas cosas.

Pasamos tantas cosas.

Que hoy, solo deseo que no seas nada, hoy solo quiero que no pase nada.

Hoy solo quiero no sentir nada.

Al anochecer

Anoche te soñé y fue el sueño más erótico que pueda recordar, no tuvimos sexo, aunque realmente no podría precisarlo. Estabas ahí, éramos solo dos en esa habitación y el mundo se paró por completo. Las palabras ajenas se hicieron sordas, porque estábamos vos y yo. Luego desperté y la realidad llegó de golpe, ya no estábamos solo vos y yo, las palabras ajenas se convirtieron en gritos, pero no me importó. En mis recuerdos aún podía sentir el olor de tu piel, que me transportó a un momento feliz. Tal vez parezca loco, que en mis sueños te vea y te sienta tan real, muchas veces me pregunto si será amor o si será verdad. Has calado hondo en mí y sin explicación, que tan sólo el recuerdo de tu voz me recuerda una melodía. Esta noche volveré a apagar los gritos de esta realidad y al anochecer en aquella habitación, nos volveremos a encontrar.

¿Qué hiciste?

Cómo hago para dejarte de pensar. Cómo hacer para detener las ganas de besar tu cuerpo y adorar cada una de tus pecas. Qué hacer con las ganas de recorrer con mis uñas cada espacio de tu piel.

Cómo hacer si cuando te veo mi mundo se paraliza y mi corazón se enloquece.

Cómo hago para detener esta pasión si este amor bobo no me deja respirar, me oprime el pecho, se instala y no quiere marcharse. Más de una vez he intentado alejarme y sacarte de mi mente, pero de pronto llegas por sorpresa y ya no puedo razonar.

¿Qué le hiciste a mi corazón?

¿Qué le hiciste a mi razón?

¿Qué le hiciste a mi andar?

Ya no puedo recordar cómo eran los días antes de que llegaras. El dolor se hace más fuerte mientras intento dejarte en el pasado. Comenzará un día más en donde quiera avanzar, un día más en donde te quiera soltar y no sé cuánto tardará este amor bobo en alejarse. Quiero respirar, necesito respirar, dejarte de pensar y ya no llorar.

Ya no puedo más.

Consumación

Escúchame y toma esta caja, tómala para que cuando en una tarde de verano, tal vez quieras recordar que existió una tregua entre vos y yo, tengas en tus manos mi corazón. Y esto no es un adiós, pero en esta noche te libero y me libero.

Nos libero de las culpas, del dolor, del amor y del desamor. De los amores no correspondidos y las amistades fallidas. Nos libero de lo que fue, de lo que no fue y de aquello que nunca debería haber sido. De los arrepentimientos y de las disculpas que nos supimos pedir. Te libero de mi amor y de las lágrimas que llegaste a atrapar. Te libero de mi mirada, pero te pido que te lleves los despojos, esos que quedaron después de que pasaras por mi vida. Llévatelos como un recuerdo de este final de lo que estaba escrito antes de empezar y que no quisimos ver. Ese final que me rasga el alma y me deja en el pecho un gran ardor, ese mismo que me recuerda lo profundo y real de esta historia. Pero al final mi niña, mi amor. Al final me libero del dolor.

Irreal

Te creí cuando me dijiste que no querías sentir amor, que esas cosas no eran algo tuyo, que los poemas y corazones habían quedado en el pasado y en algún rincón, con otra vieja historia. Me dijiste que eras fría y que tu corazón estaba cerrado, también que ya no había más de vos para dar y hoy estamos acá. Observo como las mentiras que me contaste y que incluso te creíste se van cayendo una a una y poco a poco, y pienso una y otra vez.

¿Acaso eres feliz? ¿Sentís amor? ¿Pudo ella hacerte despertar y poner a andar tu mundo?

Quizás ella por quien esperabas.

Te miro y no te conozco, preguntándome si te habré conocido en realidad o si sólo me creí la historia que decidiste contarme. Tal vez solo en mi mente existió aquella historia de paz.

No fue amor y no fue verdad, pero una mente loca a veces puede inventar una bella irrealidad.

Distancia

Mientras te quiera como te quise, te quiero lejos.

Mientras recuerde el olor de tu piel, te quiero lejos.

Mientras ame el color de tus ojos, te quiero lejos.

Mientras me sigan doliendo las últimas palabras que me dijiste, te quiero lejos.

Te quiero lejos mientras me tiemble el cuerpo en tu presencia.

Te quiero lejos mientras me ahogue en la nostalgia al evocar tu nombre.

Te quiero lejos mientras me duela no haber sido yo la que ganó tu corazón.

Te quiero lejos mientras sienta culpa por haberte amado.

Cuando me ganen los recuerdos que mi mente creó, te quiero lejos.

Cuando entienda que nada fue real, te quiero lejos.

Te quiero lejos porque ya no encuentro nada que nos

una.

Te quiero lejos porque teniéndote cerca no te tenía.

Te quiero lejos porque teniéndote junto a mi no me reconocía.

Te quiero lejos porque con vos yo me perdía.

Aprender a amar

Te escucho gritar y mil veces gritar. Sé que no debería ser así pero tus palabras aún me lastiman, cuando no deberían importarme. El hoyo en mi pecho crece cada día más y a veces creo que no lograre soportar. Te llevas lo mejor de mi, me dejas sin fuerzas para poder avanzar.

Muchas veces me pregunto qué logras con esto si ya no hay más que puedas quitarme, mis alas ya las quisiste cortar, y mi amor ya no lo podes pisotear. Simplemente ya no está.

Sé que pasarán mil días más y que no vas a cambiar. Me pregunto si podré soportar, si podré continuar... Es una triste realidad que con todas mis fuerzas intento ocultar. Las sonrisas ajenas quieren recordarme que es posible amar, pero en mi verdad eso es solo parte de un cuento de hadas.

¡No podes amar! ¡No debes amar!

Te van a lastimar.

Orgánica

Atrapada en tus horas, siendo prisionera de un bucle temporal, como si no hubiera escapatoria. Poco a poco se me van acabando las fuerzas que tenía y ni siquiera lo notas. Me pregunto si llegarás a comprender realmente lo que está pasando o si serás capaz de comprender lo que provocas.

Veo ojos de pavor a mí alrededor, miradas temerosas de lo que se aproxima. Los días están contados y el tic tac del reloj me hace sudar. Me pregunto si seremos lo suficientemente buenos o perecemos en el camino como tantos otros. Las horas pasan ignorantes de su poder, se nos acaba el tiempo.

¡Necesitamos más tiempo!

¿Cuánto será suficiente?

Una semana, un mes, un año, mil años...

No, esto nunca se acaba y sé que cuando te tenga nuevamente frente a mí todo será igual, pero esta vez pelearé para que dejes de ser mi pesadilla personal y pondremos un punto final.

Re-encuentro

Como Violeta Parra buscando curar sus heridas, curándose de esos adioses indeseados, pero necesarios y dolorosos, encontré mi propio jardín de flores con un bello sol.

Un jardín y un sol que curan y ríen, que lloran y abrazan. Con lágrimas de tristeza y de felicidad. Un jardín y un sol que llevan nombres propios, que llevan penas y alegrías. Que hicieron que las penas huyeran entre lágrimas de risas.

Y hace más de 360 días encontré alegría, llanto y amor. 360 días de un re-encuentro, de algo que no existía, pero que pareciera eterno.

Fue una conexión especial la que nos trajo hasta hoy, donde se instalaron dentro de mí, marcando un nuevo ritmo a mi caminar; y es una promesa implícitamente explícita que cuidaré de ese lugar, en donde puedo ser yo sin más, porque la luz y la alegría estarán en donde las pueda encontrar.

¿Seré yo?

No tengo respuesta para lo que me estás diciendo. Leo y las palabras atraviesan mis ojos, se instalan en mi cabeza, ya están ahí y no sé qué hacer. Que puedo responder cuando ni vos no tenes la respuesta, no hay más de lo que ya viste.

¿Debo dejar de pensar?

Me hablas y me dejas indefensa, sigo sin saber qué responder.

Decime si vas a venir esta vez, decime si nos volveremos a encontrar o si tengo que pasar de todo esto y dejarlo ir. Dame las respuestas que yo no te puedo dar.

Seguimos en silencio, se hace más poderoso, se apodera de nosotras y quedaremos inertes ante él.

¿Dejaremos que se apodere de todo esto o le haremos frente?

Decime algo en lo que pueda creer, decime algo para que no deje todo atrás. Decime que esto puede durar.

Cenicienta

Como Cenicienta prisionera del tiempo, esclava de las agujas del reloj, intentando aplazar el goce y buscando la mejor manera de sobrevivir. Las palabras la ayudan a callar los gritos de desesperación que inundan su cabeza, los versos la ayudan a escapar de la realidad. Usa palabras difíciles intentando ocultar su pena, sonríe pretendiendo estar bien, pero sus ojos brillan y ya no podrá ocultarlo por más tiempo.

Corre... Corre...¡¡Corre!!

Corre que se hace tarde y los minutos la han de alcanzar. No llegará a tiempo, no podrá mantener su farsa.

Más rápido, corre, deja todo atrás para mantener su actuación, necesita más segundos, minutos, horas... Quiere la libertad que le arrebataron no sabe cuándo, desea romper su castillo, romper aquel silencio que le oprime el pecho y no la deja respirar.

El reloj marca las diez, lo logró, está en su sitio, ha llegado a tiempo sin mirar atrás, pero le falta algo. No, no es su zapato...

Se mira al espejo, sabe que le falta algo. No encuentra

qué es eso qué le falta, aquello que perdió. Sigue frente al espejo, aún no lo sabe, se mira inquisitiva tratando de descubrirlo.

Vuelve a mirarse y lo nota, la cascada que cae de sus ojos le marcan el camino y ahí eso que perdió está frente a sus ojos. Con los ojos brillosos y la sonrisa perdida se dirige hacia la salida, se limpia la cara y esboza una sonrisa, una sonrisa nueva y vacía. Sigue caminando, divisa el portón, se detiene unos segundos, respira hondo y se prepara para otra escena. Vuelve a practicar su nueva sonrisa.... ya está lista para actuar.

Desencuentro

Sé que sonará raro y hasta un poco pretencioso, pero siempre estuve lista para que me dijeras adiós. Quizá fue el miedo a equivocarme o los fantasmas de historias pasadas, tal vez me ganaron las inseguridades. Son tantos los motivos, que quizá ninguno fue lo suficientemente fuerte.

Solo sé que sin notarlo me dijiste adiós y tal vez esa fue la mayor razón para que yo diga adiós. Adiós al fantasma de un amor pasado, adiós a los miedos de ser auténtica, adiós a pesar de las lágrimas derramadas. Sí, siempre estuve lista para que me dijeras adiós, pero no estaba lista para despedirme de aquella que había sido. Fue tu adiós el que me golpeó y me hizo despertar.

Te encontré cuando aún no era yo, me hallaste cuando todavía estaba perdida y así te guste, aún así me gustaste. Un desencuentro eso es todo lo que fuimos, que no dejó dolor, que no dejó amor.

Solo me golpeó y me despertó.

De solo existir

Me levanto y existo. No, ya no tengo emociones, los colores se fueron apagando con el paso de los días y no sé a dónde voy.

¿Es este el camino a seguir?

No sé si tomé las decisiones correctas. Aún no sé de qué me estoy escapando. El pecho se me cierra y no puedo respirar, pero debo callarlo. No quiero dañarlos, esto me está matando y veo cerca la recta final.

Necesito las respuestas correctas a este enredo y ese tic tac no para de sonar.

Uno, dos, tres...

Uno, dos, tres...

El tiempo se agota, aún no sé si escaparé de mi. Temo de mí misma.

¿Acaso eso tiene sentido?

Corro, escapo de mis propios pasos, pero esa en el espejo me recuerda nuevamente que no soy buena.

Basta, basta, basta... ¡¡Basta ya!!

Desgarrare mi garganta, se secaran mis ojos y al final seguiré quedando inerte, a la espera de ese shock de vida. A la espera del fin de esta ausencia.

Añoranza

Despierto y te extraño, muchas veces me pregunto qué hubiera sido, qué me dirías si estuvieras acá. Tal vez me retarías, quizás me dirías que debo hacer o quizá simplemente me abrazarías. Hoy solo sé que te extraño, lo sé, así como también sé que jamás dejaré de extrañarte. Algunas veces el dolor me supera, todo se hace más difícil y mientras tanto sólo deseo que me agarres de la mano.

No, nadie entenderá jamás lo que significó perderte. Probablemente ni siquiera yo pueda entenderlo o quizás no lo entienda porque no te perdí.

¿Perdemos realmente a aquellos que jamás olvidamos?

Nadie tiene las respuestas, no hay quien pueda darme un consuelo. Porque nadie pronunciará como vos mi nombre, no lo dirán con tu amor. No, nadie podrá hacerlo y por eso pienso, mientras me seco las lágrimas, en el momento del reencuentro y en todo eso que te diré el día que nos volvamos a ver.

Sin perdonar

Exigir.

Quienes son aquellos que nos exigen, son personas ajenas a nuestro entorno, son esos mismos que pretenden hacer parecer que nos aman, o acaso somos nosotros mismos que en el trajín constante de la vida, que nos vamos perdiendo en el camino de la auto exigencia.

Exigir.

Qué es eso que pretendemos, qué es lo que hace que nos empujemos una y otras vez al abismo para caer en un océano de lágrimas derramadas por no tener éxito.

¿Cuál es ese éxito?

Qué es eso que anhelamos con tantas ansias hasta el punto de hacernos mierda en el camino.

Exigir.

Crecimos bajo las exigencias de los otros dejando de lado el goce, pero al final vamos mutando y nos vamos pareciendo cada vez más a eso que primeramente nos exigió, y en el silencio de la soledad sólo pensamos en exigirnos y exigir.

Sola

En aquellos días en donde me inunda la nostalgia, cuando se me vuelve difícil respirar, cuando todo vuelve como un torbellino y todo me recuerda a vos. Las canciones parecieran no tener otro destinatario y pareciera que una vez más te robas todo de mí. Solo el tiempo es el mayor aliado.

El recuerdo se vuelve una daga filosa y cruel que no quiere irse, sólo descansa de a ratos, me da una tregua y a veces me deja dormir en paz.

Nadie me dijo que sería tan difícil olvidarte, nadie me advirtió cuánto dolería dejarte ir. Caminando con los pies descalzos aprendí a soportar el dolor en mis pies con una sonrisa en el rostro, a esconder el temblor de mis manos y a tragarme las lágrimas que aún me provoca tu presencia.

Sí, aprendí tanto, pero todo se derrumba cuando estoy sola y me inunda la nostalgia.

"Niña-grande"

Puedo reconocer tus pasos a la distancia y vuelvo a ser una pequeña niña. Llena de miedo, llena de dolor, intentando ocultarse, intentando escapar. No, no escuchas, ni finges.

Ni siquiera sabes que llevo tiempo con el corazón roto.

¿Acaso sabes que he llorado dormida?

¿Acaso sabes que me rompieron el corazón?

Tengo el alma rota, está sangrando, pero no lo notas. Se van agotando mis fuerzas, ya no puedo respirar y estoy muriendo de a poco.

Esa exigencia constante, ese yo-yo inagotable que exclama y me recuerda que no soy buena para nada. Ese hilo sin cortar, esos gritos que no acaban, esos golpes que resuenan en mi cabeza, esas lágrimas de dolor...

Ninguno sabe quién pondrá el punto final, quién escribirá la última página. Pero mientras tanto nos destrozaremos, y fingiremos que todo está bien o nos odiaremos en silencio.

No, no hay un final para anhelar devotamente, tan sólo queda esperar.

Día dos

Sigues estando por acá y algunas veces te extraño. Pero tranquila que no volveré a llorar en frente a tuyo, ya lo entendí todo. No fuimos, no somos, ni seremos.

Acepte las diferencias, las peleas que nos ahorramos y las lágrimas que no derramamos. Porque tenerte cerca hubiera sido una guerra sin fin, habría significado mil horas de charlas conmigo misma e interminables dolores de cabeza.

Sí, a veces seguís por acá, hasta que recuerdo las peleas que no fueron y que aún así dejaron pedazos desperdigados por la habitación. Tal vez suene tonto recordar cosas que no fueron, pero decime qué es lo que recuerdas, si el pasado lo creamos nosotros.

Así como el pasado creado desde nuestros pasos, crearé las memorias más fantásticas que pueda crear. Me inventare un amor que no existió, ni existirá; digno de aquel adiós y él justificará que te extrañe como en el día dos.

La historia sin fin

Apareces y desapareces, me tenes en un vaivén constante. En ocasiones no sé qué esperar o qué decisiones tomar. No sé si te vas a quedar acá, sé que desaparecerás en cualquier instante. Nada de lo que digo pareciera llegarte y ya no sé cómo aproximarme a vos, tal vez esto debería tener un final.

A lo mejor esto no debería comenzar, seguimos sin respuestas, sin una confirmación, sin un adiós, sin nada que me diga que vamos a intentarlo.

Vamos por rumbos diferentes, pero aún estamos acá. El masoquismo humano nos lleva a quedarnos, quizá sea el deseo de probar lo que sabemos no va a funcionar.

Esta es la historia de nunca acabar, puede que se aproxime el final o puede que esta vez esto llegue a funcionar.

Eternamente

Eterna amiga que estás alrededor, compañera en lo bueno y en la tristeza, nunca te pierdas que tus palabras me dan la fuerza para seguir. Me das la paz que nadie consiguió, eterna amiga se parte de mi pesar y no te alejes de mi porque no se que será sin ti, quizás no pueda continuar.

Sabes que sos especial. Sé que me vas a acompañar. Tu sonrisa siempre estará para mí y será la luz que me ayude a encontrar el porqué de las cosas por las que vale la pena seguir peleando.

Eterna amiga que siempre estarás ahí, me verás sufrir y me acompañaras. Eterna amiga te enamoraras, pero aún así seguirás escuchando como amo a alguien más.

Inaniel

Con una IPA en una mano y un libro de Pizarnik en la otra, un enorme tazón de pochoclos salados sobre la mesa o en la cama, con algo de LP de fondo o tal vez sea Bob Dylan la elección de esta noche.

Así te visualizo, pensativa y meditativa, quizás con sueño, pero sin dormir por estudiar para el próximo examen. Quizá deseando fumar para relajarte, pero dudando porque recuerdas cuánto odias el olor que deja en tus manos. Tal vez simplemente te encuentras apreciando el silencio de la noche, preguntándote si estamos vivos o solamente estamos existiendo.

Creo verte agotada por los últimos meses, luchando y debatiendo con aquella que mora en tu interior, como una lucha de titanes, con rivales que se conocen hasta la fibra más íntima. Rivales que saben cómo hacerse sangrar con una sola palabra.

Sí, así te imagino en las noches calurosas de verano, pensativa y meditativa. Mientras las horas pasan y el reloj te recuerda que quizás, ya es tiempo de dejar los apuntes de lado para dormir una hora. Tal vez mañana te encuentres con alguien café con leche y por unas horas; olvidarás si has limpiado, si has aprobado, si has llorado o si todo eso ya no tiene valor, olvidarás porque será tan café que sólo tendrás una certeza. La certeza de saber que existes más que nunca.

Pintura fresca

Me pediste un encuentro y me pintaste los labios, los pintaste con un beso, los pintaste de confusión, de un pequeño tal vez y de un podemos ver. Pinto y fue, eso me dijiste. Las razones para que pintara fueron muchas o sólo una. Lo importante es que pintamos, pero fue solo un instante, un momento. Y así, pintando o no pintando vamos avanzando; nos vamos moviendo, mutando, cambiando.

Ya no quiero que pinte nada grita el corazón, porque siempre que pinta, quedó solo y con una herida. Si pinta, pinta dice la cabeza... por favor no, dice el corazón.

Hoy ya no pintamos, ahora pintas con alguien más. Mientras yo me quedo en el estante de las pinturas que no gustaron, de las obras que no fueron.

Vuelve el lienzo a blanco, un blanco nuevo. con tonos más fríos, con una nueva paleta. Ahora se queda a la espera, quizás en un futuro aparezcan los besos de un nuevo pintor.

Final

Cuando ya no tuvo esas hojas en sus manos lloró, lloró por todo ese año, por cada examen perdido, por los amores lejanos o no correspondidos, y por ese dolor en el pecho que ese año la acompañó. Fue liberarse, como si al entregar aquel papel se hubiera marcado el final de ese año de pesares. Como si ya nada más importara.

Las lágrimas cayeron como cataratas, una cortina de agua en sus ojos y se sintió libre. Con la libertad de dormir más de tres horas, de entregarse a las depresiones y alegrías.

Aquella inmensa mochila de pronto se fue y se sintió un poco boba por esa reacción. Sabía que en unos meses volvería esa sensación, lo había vivido más de una vez; porque a pesar de esperar aquel final, ella sabía que desearía volverla a encontrar.

Parte II

"Atardecer veraniego"

Prólogo II

Cada época del año se ve acompañada de diversas emociones, muchas veces tenemos el imperioso deseo de dejarlas encerradas, de mirar a otro lado y hacer como si nada estuviera pasando. Llegado el momento menos oportuno esas emociones se disparan y dejan en evidencia aquel cementerio de cosas.

Evitando la catástrofe llega esta segunda parte, este no es un prólogo hecho y derecho, es más bien una introducción a estos pequeños textos y conclusiones; que nacen de una nueva necesidad de expresión pero con un poco más de tiempo. "En tiempos de parciales" nació con prisas, como un vómito de emociones; sin pausas para pensar. Puras viseras y puro sentimiento.

"Atardecer veraniego", llega desde el análisis y las conclusiones de aquellos sentimientos; es más cerebral y no por eso, menos sentimental. Cada palabra expresa el florecimiento de dolores, amores y alegrías.

Sí, esta introducción es sumamente necesaria para entender y prepararse para lo que sigue. Muchas veces el hablar en plural será el recurso más tomado, soy consciente de que más de uno podrá sentir como propias las palabras y las emociones que me embargaron en ese momento, o al menos ese es uno de los objetivos.

Cuando las alarmas se apagan, los horarios cambian y el sol sale, es un buen momento para pensar e internalizar todo lo aprendido y eso ocurre en los atardeceres veraniegos.

Temor

Cuando el sentirte un idiota supera cualquier sentimiento, cuando estás ahí pero no importa, porque aunque importará jamás te darías cuenta, no lo notas. No importa cuánto luches, cuanto tardes en darte a notar, si al final, al final tan solo volverás a caer.

Caemos porque somos idiotas o simplemente es que no estamos hechos para eso, devolver con la misma moneda con la que se nos han pagado. No, nadie es demasiado bueno o demasiado malo; las cosas son como son, no hay más. Nos enfocamos en procrastinar las despedidas y somos más que conscientes de que ello no proporciona más que una pequeña tregua, no es más que un mínimo alto en el girar de las agujas del reloj y que pronto volverás a sentirte tan idiota como al principio, una y otra vez, hasta que por alguna razón, por alguna acción ajena llegue el final tan aplazado.

No somos capaces de ponerle un punto final a toda situación que nos genere inestabilidad, no queremos hacerle frente y creemos que dejándolo en el penúltimo cajón de los recuerdos reprimidos vamos a ser capaces de olvidar y solucionar el cúmulo de acciones inconclusas. Somos capaces de creernos hasta la mentira más vil, con el afán de poder sortear cualquier situación de mierda, hasta que llega ese día en que hacerle frente no es una opción, cuando todo está tan claro sobre la mesa que tratar de evitarlo sería tan estúpido como tirarse de una avioneta sin paracaídas y esperar que nada malo pase al llegar a tierra firme. Así con cada aspecto de la vida, familia, amigos, universidad, amor; en cada uno de ellos vamos dejando puntos pendientes, con la esperanza de que de algún modo sorpresivo todos ellos desaparezcan sin siquiera haber revisado por qué estaban ahí.

Anhelamos despertar con los papeles ordenados, las ideas alineadas y la agenda perfectamente lista, como si un asistente mágico fuera a encargarse de ello, mientras nosotros nos perdemos en un sueño ficticiamente profundo; porque tampoco somos capaces de aceptar que ya hace mucho tiempo que no dormimos bien y queremos que cual Rumpelstiltskin trabajando durante la noche, tu ayudante mágico solucione aquello que no queremos ver.

Dejemos de mentirnos, de pretender que somos felices y buenos, que lo que nos pasa no nos pone de mal humor, que no desearíamos que nada de eso pasase, que no nos interesa que a otras personas les pasen cosas peores, que deseamos ser egoístas por un rato y gritar cuantas mierdas nos salen del pecho. Dejar de fingir y al perder la careta, que de una vez por todas nos quede el alma desnuda, puramente desnuda para empezar a respirar sin el peso del qué dirán, limpiando la casa de las mierdas pasadas, de los cajones escondidos y cuasi olvidados.

Atardecer

En silencio y en algún lugar de Buenos Aires se llaman al silencio, buscando la mejor solución al sin fin de emociones que se posan sobre ellos, la manera correcta de no hundirse, de poder sonreírse cuando se vuelvan a cruzar y con el miedo de romper aquella burbuja que los mantuvo sujetos al estado de gozo.

Se dicen un hasta luego que los lastima, que a pesar de no ser lo que buscaban, llegó de sorpresa y cargado de lágrimas contenidas; como queriendo poner un nuevo armisticio de ese pequeño momento de vida que decidieron compartir. Pero no hay hasta luego en estas crónicas, los luego son nunca, no te recuperas de ellos cuando algo se quiebra; entonces llega el silencio. Un silencio que marca un punto y seguido, que no da la despedida definitiva, que deja miles de dudas no resueltas y que aumenta el espacio en la rajadura, el gran pozo de los silencios, de las opiniones no dadas, de los reclamos encajonados cual oficina de un registro civil. Silencio que grita por sí solo, pero al que no se quiere prestar oídos por miedo a que otorgue el corte final que termine con aquello que no se quiere perder.

Y formando parte de la culminación no querida, pero

esperada; llega el adiós. Él será el responsable de dar la lección, quien traerá incertidumbres, llanto, dolor o alivio. Dejará la sensación de estar en un limbo hasta que se comprenda que hay despedidas que no pueden aplazarse, que son necesarias para crecer y que ellas son tal vez, y sólo tal vez el camino de regreso a casa.

Noche

No recordaba la última vez que había sentido un dolor tan grande, era como si el corazón se le saliese del pecho.

No recordar o no querer hacerlo; siempre ha sido así, siempre huir del dolor, siempre escapar. Nadie podría garantizar si van a hacerte daño o no, ese punto viene anexado junto a la letra chiquita del contrato de la vida. Algunos dicen que se debe sufrir y que tienen que rompernos el corazón para aprender a ser fuertes, que quizás sea el dolor el único responsable de hacerte sentir vivo. Es que cuando el dolor es tan grande que podes sentir ese conjunto de emociones, es porque te arriesgaste a sentir y perdiste, pero ese dolor te recuerda que estás vivo.

El vivir intensamente hace llevar cualquier sentimiento al límite, aún también los dolores; recordando, a pesar de todo, que estamos viviendo, intentando volvernos un poco locos y que aquellos que nos hicieron sufrir, con o sin intención, son también responsables de ese recordatorio. No, no digo que debemos ir en busca del dolor y el sufrimiento, mucho menos permanecer al lado de las personas que provoquen ese estado, pero sí tomar aquello que no pudimos evitar y tratar de que sea una ganancia. Por lo tanto, debemos agradecer tanto el dolor como la felicidad. No podemos decidir cuán lastimados saldremos de cualquier situación, pero sí podemos elegir quien lo hace y cómo afrontarlo; aceptemos nuestras elecciones.

Lo loco de extrañar

Muchas veces nos encontramos extrañando, aún cuando sabemos que es lo más idiota que podemos hacer. Podría decirse que es como someternos al dolor de la añoranza, con la esperanza de que lo anhelado vuelva a nosotros, aunque sea por un rato. No es algo completamente descabellado, tomando en cuenta que cuando uno extraña es porque ha amado o al menos ha querido profundamente; puede que lo añorado sea un objeto, un lugar o una persona.

En algunos casos aquello podría tener remedio, en otros es simplemente parte del masoquismo humano que pretende llevarnos a algo que creemos extrañar, algo que de algún u otro modo nos ha lastimado, pero que de todas formas no podemos evitar y terminamos aferrados a tantas cosas, que llega un punto en donde los brazos no dan a basto y las fuerzas empiezan a disminuir. Entonces quedamos parados en la vereda, sin poder movernos, sin poder avanzar; porque caminar implicaría correr el riesgo de dejar caer alguno de esos trastos que conservamos junto al pecho con el afán de no perder ni uno y nos quedamos solos, atiborrados de aquellas cosas que nos frenan, sabiendo que no nos permiten avanzar y que de todos modos, ni siquiera se nos cruza por la mente dejarlas caer.

Seguir caminando, cambiar de calle, soltar y dejar descansar los brazos de todo eso que jamás debió poner un alto en nuestro andar. Pero lo puso y sigues allí mientras el tiempo corre siempre a velocidades vertiginosas, sin reparar en que aún estás ahí, parado en la vereda, como una estatua callejera que espera ser recompensada, pero esta vez no con monedas. Esperando que aunque sea uno, solo uno, de aquellos trastos que tanto mantienes cerca tuyo valga la pena.

El tiempo se agota, la gente cambia, los lugares cambian, los objetos se rompen y al final, seguimos plantados en el mismo sitio, como si fuéramos parte de la decoración de algún lugar vintage, en donde formas parte de una exhibición y te convertiste sólo en una pieza más de una colección. Donde todo eso que mantuviste junto a tu pecho se ha ido alejando a cada segundo, como si simplemente quedarán los fósiles de cada uno de ellos y tu sonrisa petrificada fuese como una vieja cicatriz de algo que pasó hace ya mucho tiempo.

Sinceramente

Uno de los mayores problemas de manejarnos con sinceridad por la vida, radica en que llega un momento en donde sentimos que nosotros mismos somos los que estamos equivocados. Decir lo que pensas o lo que sentís en el momento que lo sentís, puede llegar a tomarse como un acto de intensidad o una actitud un tanto "tóxica".

En esa misma rama la expectativa de que el otro se maneje con los mismos valores o códigos que uno, nos llevan a caer en cierto grado de decepción cuando no ocurre y aunque quisieras evitarlo, terminamos invirtiendo demasiada energía en algo que muy probablemente no valga la pena. Este punto no nos hace ni mejores, ni peores que los otros, simplemente nos muestra un panorama del comportamiento de la mayoría de las personas; nos esforzamos mucho en proclamar que queremos relacionarnos de manera sana y con sinceridad, pero en la mayoría de los casos terminamos envueltos en situaciones poco claras y en donde lo más ausente en ellas, es la sinceridad y por sobre todo el respeto al tiempo del otro.

A todo esto debemos sumarle que de una manera poco

lógica, nos llegan las ganas de escribir pergaminos completos con las miles de cosas que le diríamos a ese otro. Cuales y cuantos fueron los puntos de esa amistad/relación los que llegaron a molestarte en gran manera. Pero sos más que consciente que dicho acto sería en vano, generalmente el otro no tiene la más mínima gana de escuchar o leer nada y como vos lo sabes de antemano, terminas guardándote cada una de las cosas que le dirías.

En algunos casos se da el gran final de todo tipo de vínculo, pero la mayoría se sigue arrastrando por pseudo amistades, en donde por un lado no le importa la opinión del otro y por el otro lado se acumulan los motivos para mantener distancia, aunque de todos modos se siguen compartiendo cosas. Pero eso sí, las opiniones y los verdaderos deseos se quedan ocultos, a fin de no lastimar a alguien que no está dispuesto a ceder, ni siquiera un poco, para poder darse cuenta del daño colateral que podría estar causando.

A pesar de ser conscientes de cada uno de estos aspectos, nos mantenemos inertes y en silencio. Tal vez deberíamos dejar que se rompan sus cascarones y de una vez por todas, sin los algodones de los cuidados ajenos, aquellos que dañan se enfrenten a una realidad que está frente a sus ojos, pero que se niegan rotundamente a ver. Cada una de nuestras decisiones y actos tienen consecuencias, que empiecen a mirar las suyas.

Atemporal

Relegada en el tiempo, como si pertenecieras a otra época en donde los gustos, deseos e intenciones quedarán opacados por algo mucho más moderno. Aún no has llegado a los 27 años, pero te sientes atrapada en un ciclo sin fin, como si otra época se hubiera apropiado de tus ilusiones.

Crees en el amor de las novelas, las cartas, los poemas, el romanticismo y aunque no hayan pasado más que algunas décadas en donde eso era lo que se estilaba, todo aquello pareciera ya no encajar con el mundo contemporáneo en el cual estás obligada a existir. Vas andando por la vida con la sensación de ser casi una intrusa en el tiempo que habitas, aún así conseguís abrirte paso y compartir las extravagancias, las ideas locas y cada detalle que aparece en tu cabeza.

Quizá sería un error garrafal permitirte compartir los detalles melosos de lo que esperas que la vida te depare, sería dejar expuesto demasiado de vos, para que cualquiera pudiera hacerte daño. Pero no lo controlas, caes una y otra vez confiando en que de algún modo todo tendrá sentido. Seguís prisionera y a veces sentís que no hay más por hacer, que estás equivocada, que deberías ser como ellos. Ellos...

Ellos son tal vez la causa de que todos quieran ser iguales, que lo diferente es malo te metieron en la cabeza, que lo distinto te hace sufrir, y así nos sumergimos en el mar de los iguales. Nos protegemos usando las mismas prendas, leyendo los mismos libros, escuchando la misma música, viendo las mismas series, opinando las mismas cosas. Nos protegemos ocultando lo que más nos gusta, escapando a nuestros propios sentimientos, no diciendo lo que realmente pensamos, no siendo quien realmente somos. Nos protegemos tanto que olvidamos vivir, nos olvidamos de encontrar nuestras pasiones; dejamos todo en la puerta de entrada, como si eso fuera a salvarnos de las injusticias, de los corazones rotos, de las amistades fallidas.

Al final nos quedamos parados en el medio de nuestra vida, con sueños sin cumplir, con pasiones no encontradas; pero de todos modos con el corazón roto, amistades fallidas y un tumulto de fracasos por no haber sabido escuchar la voz que desde adentro te decía que ese no era el camino.

Si, sos una intrusa en tu tiempo, con gustos de otras épocas, una intrusa que no se sumerge para protegerse,

que decide salir con miedo a la superficie y crear su
propia historia, fuera de toda época,   simplemente
atemporal

A-Dios

Perderte sería el dolor más grande que un alma podría afrontar, significaría no más mensajes de te quiero o abrazos sin motivos desde el fondo del alma. Serían días vacíos sin escucharte barrer el patio.

Perderte no es más que un hoyo en nuestras vidas y corazones, silencios eternos llenos de recuerdos. No más charlas a través del alambrado, con aullidos de perros locos. No más lágrimas de amor, ni de dolor.

No tenerte sería perder una luz de amor y paz.

Tenerte es sentirte alrededor, es amor sin fin. Quererte es saber que de algún modo todo va a estar bien. Amarte es saber que me abrazaras a pesar de todo. Saberte eterna es un regalo del universo, un precioso milagro que nos ilumina y nos acobija desde la casa vecina.

Que seas para siempre es lo único que pido a ese ser que muchas veces nos falló y aunque mi fé ya no está, yo aún creo en vos, por eso le pido por vos. Mi amor es lo único que puedo ofrecer, un abrazo y un beso desde al lado.

Y si no llegas a ser eterna, te ruego que me esperes

desde donde estés, me recibas con tu cariño y un abrazo
eterno como los que siempre me das.

65

Hipocresía

Con qué derecho te presentas y venís a darme consejos, quien pensas que sos para venir a decirme por quien no vale la pena llorar o sufrir, para qué venís a decir que te conoces bien y que no vales la pena. No, no es nada altruista de tu parte, tan sólo es egoísta, sos egoísta.

Ese mensaje no fue para mí, fue sólo para vos y tu ego, para que tu conciencia con culpa pueda redimirse. Para que esa conciencia que aún reclama por el daño realizado, que reclama por los errores y las malas decisiones, pueda aliviar la culpa que jamás admitirás. No, no necesito que me digas que sos mala y que no me convenís; eso lo sé muy bien y lo aprendí por el camino difícil.

Los cuentos de hadas se me fueron quedando en el tintero, perdidos entre palabras que como dagas fueron creando los surcos de la experiencia. Ahora crees que tenes algún tipo de derecho, venís a poner sal a las heridas, esas que bien sabes nacieron a partir de palabras falsas y de aquellos besos mentirosos que como promesas fallidas fuiste depositando en mis labios.

Pero tarde ya es, todas esas cosas se fueron perdiendo

en los recuerdos de quienes fuimos realmente y en la luz de la hipocresía llegas una vez más para advertirme que no piense en vos, más te digo de una vez que esas heridas ya no existen, quemadas están y fue el dolor quien las cerró.

Ya no necesitamos despedidas, ni frases armadas. Ahora lo veo muy claro y es tiempo que vos también, no fuimos, no somos, ni seremos.

Final de la partida

Niña bella de cabellos dorados, que aceptas el dolor como un viejo amigo, que tomas el amor y no querés dejarlo marchar. Aunque ese querer sea cruel y te lastime las manos de tanto apretarlo para que no se aleje de vos. Querida niña por qué le permites adueñarse de vos, corre lejos de aquel que te lastima y huye de los fantasmas que te hicieron creer que eso era lo que merecías.

Joven bella de cabellos dorados que te desvelas en las noches junto a melodías tristes que te ayudan a liberar tus penas, dale la patada final a ese tablero, a ese juego que juega con reglas que no creaste, que no te gustan y que no querés. Esa jugada ya no es para vos, no permitas que el miedo a perderlo todo te paralice y te deje jugando una partida desabrida y sin amor.

Mujer bella de cabellos dorados enfréntate a vos misma y decile a esa del espejo todo lo que vales, gritale en la cara que esas historias se acabaron, decile que terminaste la partida porque mereces más que las migajas de algo que se parecía al amor. Hacele frente y libérate del peso de los mensajes dolorosos, de las peleas sin sentido y de todo aquello que hizo que alguna vez las lágrimas cayeran por tu rostro.

Niña bella de cabellos dorados, con la cabeza llena de amores que no confiesas, con los ojos soñadores de amores de novela; mirate ahora y devela tus sueños y anhelos. Deja libre la sonrisa de saberte única, que has dado un paso al frente, que has pateado esa maldita jugada y sos dueña de amarte como nadie más podría hacerlo.

Voces

Las voces que me calman están a cientos de kilómetros, me miman y reconfortan desde la lejanía. Esas voces que reconozco desde la niñez, aunque hablen una lengua distinta, esas que me acompañan desde los tiempos en donde no sabía quién era. Voces que reclaman y proclaman el amor más puro y desinteresado.

Me calman, me guían, me iluminan.

Tal vez parezca un poco tonto todo esto, llorar o ser feliz por un desconocido. Pero acaso no somos todos desconocidos en este camino, no podemos asegurar que años de vernos a la cara nos lleven a conocernos realmente, como tampoco podemos asegurar que compartir tres minutos de una canción no nos permitan conocer a ese otro. Los tiempos son relativos y los encuentros quizá sobrevalorados, el tiempo compartido sólo hace efecto si los involucrados quieren aprovecharlo. Entonces, quién puede asegurar que no conocemos realmente a esas voces que nos calman.

Los años no han hecho ningún cambio, la sonrisa y la risa están intactas. Vuelvo a ser la niña que cantaba a los gritos, subida a una silla y aumentando el volumen de la radio. Regreso mis pasos a donde sólo importaban las cosas sencillas, una canción, un video, una foto. Retorno y me abrazo con aquella que amaba a esas voces lejanas que le hacían compañía. La observo y entiendo que esa sonrisa se hará más fuerte con los años y que ese amor la ayudará a regresar siempre a donde no importaba nada más que sus voces.

Vacío

Ver como te alejas sin saber qué hacer, es como querer mantener el agua entre los dedos. Me aferro al silencio como si fuera la respuesta a la pregunta que te hice, queriendo tomar ese cierre como si fuera el final. Pero callas y no das razones, tal vez no te quise demasiado o al contrario te quise mucho. Quizás trate de cuidarte de una manera que no conocías y mi amor te llegó como una cachetada. No sé, no hay motivos para los adioses repentinos.

Jamás quise asustarte, tampoco quise compartir mis días muy malos, para contener las ganas de consolarnos mutuamente. Pero las precauciones no fueron suficientes, me has empujado lejos y me dices que sueles hacerlo, te digo que lo sé y que por eso resisto, hasta que llega el vacío.

Ese punto medio entre estar bien y la nada, el vacío llega como el crepúsculo, tratando de unir dos extremos diferentes que forman parte de lo mismo y no podemos frenarlo, porque cuando llega sólo se pueden tomar dos caminos, dejar que la noche avance y cubra todo proclamándose dueña de lo que vendrá o dejar que las horas pasen y el sol se pose firme sobre el horizonte.

La respuesta escapa de nuestras manos, en vos está el siguiente capítulo, ya no hay más que se pueda hacer. Tan solo esperar la decisión que quieras tomar, porque mis manos se cansaron de esperar.

A la distancia

En un cielo lejano, a kilómetros de distancia vas marcando los primeros andares, vas iluminando despacito y sin siquiera notarlo. Llegaste y nos vas enseñando a amar con un amor que no conocíamos, cómo si no supiéramos del amor hasta que llegaste.

Trescientos sesenta y cinco días de aprender a entenderte, a quererte, a guiarte; de querer ser mejor sólo para amarte. Tratando de enseñarte qué es lo que realmente importa vamos caminando y a la distancia deseo que llegues a amarme, que en mi encuentras una compañera que locuras, de risas, de llanto y confidencias.

Aprenderemos a encontrarnos en la distancia, en los mensajes a través del tiempo, en los años que nos separan. Aún no sabemos si llegaremos a ser inseparables, aún estás empezando a crecer, a despertar y las luces del mundo llegan sobre vos, en medio de la locura de vivir. Pero es una promesa que me arriesgo a hacer, a través de la distancia te acompañaré y estaré para sostener los pasos errantes del pequeño caminante que se encuentra en Santa Fe.

Parte III

"A puertas cerradas"

Prólogo III

Para este punto hubiera pensado que terminaría con unas noches de invierno o un "En tiempo de parciales II", pero como siempre el universo juega bromas y esta vez decidió tomarle el pelo al mundo entero. La pandemia llegó tan sorpresivamente que casi pareciera irreal y si no fuera por todo el tiempo que llevamos encerrados, todas esas personas que no han podido sobrevivir y la búsqueda incansable de la mejor manera de proceder, diría que es una broma, que somos parte de una gran película. Pero no, efectivamente es la realidad que nos aqueja y no iba a llegar sin un nuevo cúmulo de emociones y sentimientos por exprimir, por transmitir, por vomitar.

Algunos han cambiado mucho, otros pocos, y están los que han mostrado su verdadera cara. No podría decir quién es quién. Yo he cambiado, física, espiritual y mentalmente; espero haber aprendido lo suficiente como para tener las herramientas necesarias para lo que vendrá o al menos un poco de experiencia que sirva de inspiración para un futuro.

Sea como fuere esta situación nos llevó a quedarnos

dentro, de nuestras casas y de nosotros mismos, nos obligó a vernos las caras y escucharnos un poco. Nos va mostrando que sí podíamos extrañar a aquellos que estaban siempre cerca. Nos enseñó lo importante de poder abrazar a quienes amamos. Tal vez esta pandemia nos recordó qué es lo más importante, tal vez al final del camino no está tan mal encontrarnos "A puertas cerradas".

Encierro

Pasamos algunos minutos o hasta incluso horas pensando en que haremos cuando esto acabe. Quizás nos volveremos a mirar a los ojos sin ninguna pantalla que nos impida romper en un abrazo, tal vez habremos cambiado la forma de tocarnos, de hablarnos.

Cuando todo esto llegue a su fin habremos hecho tantos planes de juntadas, como los que hemos venido haciendo desde hace años, donde prometemos reuniones, mates que al final no compartimos o salidas que cancelamos porque hay algo más entretenido en Netflix; sólo que esta vez sí nos reuniremos, cumpliremos porque sabremos que hace no mucho tiempo, el poder vernos cara a cara no estaba permitido.

Llegará el ansiado día en el que mundo entero respirara y empezará a escribir la historia de cuando debimos quedarnos en casa para salvar nuestras vidas y la de los otros. Volveremos a las calles, a las escuelas, a las universidades, a los laburos, a la cancha, al club, a todos esos lugares que quedaron en silencio y casi abandonados, huérfanos, por la ausencia de aquellos seres que solían transitarlos día a día. Algunos volverán eufóricos, otros tendrán miedo y quizá a algunos no los cambie en lo más mínimo.

En las reuniones posteriores contaremos si nos hemos peleado con alguien, si conocimos a un nuevo amante cibernético, que actividades realizamos y confesaremos si a pesar del tiempo libre hicimos o no ejercicio. Hablaremos de como cual sube y baja en una plaza, nuestras emociones fluctuaron y pasábamos de la risa al llanto en cuestión de horas, de cómo mantenernos conectados a pesar de la distancia se volvió para muchos el principal objetivo y como el entretenimiento más la lucha contra el aburrimiento eran la segunda guerra que se estaba librando.

Nadie sabe si realmente llegaremos a aprender algo de este encierro, si las viejas costumbres retornaran, si los reencuentros volverán a estar plagados de amigos con los celulares en las manos o si realmente el aislamiento podrá hacer mella en las personas y comenzaremos a analizar más nuestras actitudes y acciones.

El día final aún no se asoma, pero mientras tanto seguiremos haciendo planes y esperaremos con ansias el día en que digamos, te acordas cuando estuvimos encerrados y no podíamos siquiera abrazarnos.

Hablar o morir

Quedamos parados frente a las injusticias, reencarnando el dilema de si debemos permitirlas cerrando la boca o gritar a todo pulmón que aquello que está sucediendo es una verdadera mierda. Ningún camino es el correcto, seguimos parados en el centro de la nada esperando que la respuesta mágica caiga del cielo y nos indique las decisiones que hay que tomar, aún cuando sabemos que el ideal de genio mágico que nos guía y nos indica el camino, probablemente lo hemos abandonado hace años luego de hacer catequesis. Pero de alguna manera u otra seguimos, mediocres, a la espera de que la varita mágica nos permita recuperar un tiempo perdido, una vida que no es la nuestra u horas valiosísimas que al final terminaríamos desperdiciando de todos modos.

Esto es lo que nos dieron y debemos manejarnos con ello, algunas veces más esperanzados, otras con ganas de tirar todo e irnos al otro lado del mundo, corriendo el riesgos de ser secuestrados o asesinados para vender nuestros órganos, sin embargo, aún así la idea nos parece apetitosa porque estamos hartos del día a día, cansados de las injusticias que se marcan a flor de piel y que muchas veces nos roban el sueño, la risa. Más seguimos haciendo lo correcto sin hacerle daño a los que están alrededor, porque ellos siguen caminando, no miran que están tirando; ver a tu alrededor es mucho más que sólo mirar; es querer saber realmente quién o qué está ahí recibiendo lo que das, aún cuando eso que das es nada. La nada nos absorbe, nos consume, deja un frío interno que no se va ni con la mejor de las calefacciones, se instala y no se marcha.

Seguimos en silencio, teniendo mil cosas por decir. Seguimos en silencio y nuestro interior grita, el grito resuena en tu cabeza, te desgarra las neuronas y aún así, seguimos en silencio. Estamos a puertas cerradas y las leñas que avivan el grito son cada vez más fuertes, más grandes; pero seguimos en silencio. Parados frente a la injusticia, con la mejor cara de póker sin decidir si es tiempo de gritar o morir.

Intrusos

Quisiera llorar la cuarentena entera, dejar de sentir que esto no se terminará jamás y poder dormir sin soñar con clases que no entiendo. La presión constante de estar al día, de hacer todo bien y que cada actividad sea puntuada con un 10.

¿Qué es el diez?

Acaso ese número es el que nos define o somos nosotros mismos que una vez más nos manejamos con las exigencias que nos impusieron en la cabeza. Entregar las actividades, estar al día, entender todo con una velocidad vertiginosa y aprender.

¿Aprender?

Realmente estamos aprendiendo en la época de los pdf sin fin, aprendemos cuando se nos exige un trote constante. Lee esto, resolvé lo otro, subí la actividad, sólo tenes una chance, ay si sólo hay una chance; no te equivoques porque el que se equivoca queda fuera. Las oportunidades de aprobación son sólo para aquellos que no fracasan.

Estamos al borde del contagio constante y nos

preocupamos por una actividad sin resolver, nos quita el sueño y hasta nos hace sentir inferiores el no poder resolverla. Las prioridades no cambiaron, antes estábamos afuera, no había peligro y llorábamos por exámenes que se aproximaban; hoy estamos puertas adentro, cada uno que sale podría volver enfermo y aún así lloramos por los exámenes que se aproximan. Las culpas se hacen más grandes cuando estás en tu casa, deberías entender todo si estás tranquilo, si no hay quien te moleste. Las casas pasaron a ser aulas, gimnasios, oficinas y dejaron de ser un hogar, ya no hay un lugar en donde puedas escapar del mundo de afuera. Ahora están adentro.

Lograron traspasar el umbral que te daba seguridad y ya no hay escapatoria, están adentro, con vos, con tu familia.

Las tareas se acumulan y el dolor de cabeza es tu nuevo compañero de clase, tu nuevo compañero de vida, y somos conscientes de que todo está dentro de nuestras cabezas, pero seguimos. Seguimos porque rendirse está mal, porque dejar no es lo correcto, porque el que dice que no puede es porque no pelea lo suficiente.

Una vez más digo que quisiera llorar hasta que termine la

cuarentena y las puertas vuelvan a abrirse, para dejar que los extraños se vayan de mi casa y vuelva a ser mi hogar.

La sensación

Una vez más esa sensación, el pecho se me cierra, las manos me tiemblan y el dolor de panza hace su estelar aparición. El escenario es otro, esta vez me encuentro en casa, en mi espacio, en mi mundo, pero la sensación sigue siendo la misma. Me hablo a mí misma, me digo que en un par de horas esto acabará y volveré a respirar con normalidad, que esto es sólo un momento, que no debo dudar, que sé lo que hago. No me creo ni una sola palabra, los nervios seguro me traicionen una vez más. Vuelvo a reprocharme por las horas de ocio y por la falta de concentración, aunque tantos reproches ya no tengan sentido; la próxima vez me reclamaré por las mismas cosas y las volveré a hacer.

Suena la alarma, quedan unos minutos, respiro y termino todo rápido. Ya está, no hay vuelta atrás. Ahora viene la segunda espera, pasan horas, días, hasta podrían ser semanas; nadie sabe el tiempo exacto. Sólo esperamos.

Llegó el día, la bipolaridad se apropia de vos durante el tiempo transcurrido, querías saber, no querías saber, querrías despertar en Marte. Otra vez esa sensación se apodera de tu cuerpo, las manos vuelven a temblar y el dolor de panza reclama nuevamente su lugar, la incertidumbre de querer o no querer saber también vuelve a tomar partido. La letra o los números, quién sabe que aparecerá esta vez.

Espero treinta minutos, respiro y avanzo. La noticia parece vieja, como si siempre lo hubiera sabido, aún cuando no lo esperaba, aún cuando no lo quería. Vuelvo a tomar aire, cierro los ojos, dejo caer mis hombros, muevo el cuello y vuelvo a respirar. El dolor de panza se fue, las manos ya no tiemblan y aún falta un mes para que esa sensación reclame nuevamente su lugar. Miro la pantalla y veo mi reflejo, hoy no hay lágrimas, sólo cansancio. Reviso la lista de quehaceres, queda mucho por hacer, me pongo manos a la obra antes de que el reloj marque el comienzo de un nuevo encuentro.

Puertas adentro

Hay un punto en la vida en donde debemos analizar los errores que cometemos y ver cómo ello afectará a quienes nos rodean, como esas pavadas un tanto egoístas nos alejan de quienes amamos o en definitiva hace que ellos se alejen. Algunos podrían decir que se trata de madurar, de dejar de lado las chiquilinadas, pero en este punto de la vida soy fiel creyente de que no es una mera cuestión de edad. Nos encontramos en la era de las mezclas, mezclas de gustos, de creencias, de costumbres, existen tantas variedades de mezclas, que un extraño puede llegar a conocerte mucho más que alguien que lleva años a tu lado.

Ahora que nos encontramos puertas adentro es cuando vemos y sentimos cómo los rumbos se fueron desdibujando, como eso que solíamos ser ya no está, se quedó años atrás con otros sueños, con otras ambiciones. Enfrentar al que solías ser con quien sos hoy no es un camino fácil, escucharte, entenderte, perdonarte que ya no quieras las mismas cosas. Todo eso puede sonar un poco extremista, pero cuántas veces te has plantado en la vida y te tomaste aunque sea cinco minutos de charla con vos mismo. Esto no sólo tiene que ver con nosotros, cuando nuestros gustos, objetivos, metas e intereses cambian; también cambia el modo de ver la vida, el modo en que percibimos cada cosa que nos rodea, incluso las personas.

En esta época de quedarse en casa muchos han notado que ya no conocen a quienes tienen al lado, que aquellos seres que les despertaban pasiones, amores, alegrías; hoy sólo forman una parte de la rutina. Poco a poco se fueron mimetizando con la decoración y se convirtieron en parte del paisaje frecuente. No, no a todos les pasa, aún existen muchos otros que siguen en la misma sintonía, que aún vibran en la misma frecuencia. Pero los otros están, existen, y esos otros deben enfrentarse a esa realidad que no había notado, que ni siquiera esperaban. Qué hacer cuando eso pasa, se sigue por costumbre, se sigue porque no pasó nada en medio, se sigue a pesar de las diferencias o se sigue porque esta no es la manera que nos enseñaron de cuando debíamos decir adiós. Cuán difícil se hace plantar bandera y no esperar que pase algo para decir esto no va más.

Con el mundo en pausa

Los días fueron pasando y realmente creo que era yo quien ya no estaba en ese mundo. Te fuiste y con vos se me fue un poco del alma, o quizás toda, esa versión que éramos sólo vos y yo.

El tiempo siguió corriendo, los días fueron pasando, las semanas, los meses, los años y aunque te lloré, te extrañe y experimente un dolor que no creí que fuera capaz de sentir, aún así creo que no entendí del todo lo que significaba perderte.

Pasaron cuatro años desde que te vi a la cara por última vez y hoy siento más que nunca tu ausencia, finalmente comprendí lo que significaba tu pérdida, hoy me di cuenta de que ya no volverás. El dolor me despierta en las noches y me deja indefenso, vuelvo a ser el niño que necesita de la seguridad de tus brazos, aquel que necesita de tus palabras para saber que todo estará bien. Porque eras de las especiales, de esas que te cambian el mundo sólo por ser parte de él; tanto que cuando cierro los ojos y te veo mirándome, sonriendo, me duele en el alma no haber sabido cuidarte como te lo merecías. Por eso te extraño cada día, te sueño y me siento como un niño perdido, que espera verte llegar para que me tomes de la mano y me guíes de regreso a casa.

Desde que no estás he salido del mundo, ya no me parece tan atractivo si no estás en él. Lo he parado hasta que dejes de dolerme, lo he parado hasta que pueda llorarte menos. Pero ni cuarenta y ocho meses, mil quinientos días o treinta y seis mil horas, hicieron que te ame menos, que te extrañe menos, que me duelas menos. No sé si quiera volver a ese mundo, a ése en donde no estás vos, porque el que era ya no existe. El dolor lo transformó.

Gritos silenciosos

El pulsar de las teclas en mis dedos, así como el latido de mi madre, me van dando la calma que no encuentro en el día a día. El dolor se hace palabras e intento escapar por unos minutos de eso que me cierra el pecho. Envió mensajes desesperados en busca de ayuda, pero sólo hay silencio.

Me armo de valor y sigo, son tantos los años de sufrimiento que el miedo es parte de mi piel y me parece una figura repetida; un dejà-vu que suena a un chiste mal contado, uno que no quisiera volver a escuchar. El grito se queda en mi pecho, ahogado por el desinterés de aquellos a quien amo; a nadie le importa el verdadero sufrimiento. Nadie puede hacer nada y nos quedamos atascados en el mar de los si pudiera hacer algo, si pudieras hacer algo.

Un grito que pide ayuda con lágrimas atascadas que ruegan por ser recogidas por una mano amable y amorosa. Un rugido de dolor que reclama por palabras amigas que lo ayuden a apaciguarse, pero los tiempos corren, ya no hay tiempo, no hay más tiempo para escuchar al que sufre. Los números cobran más importancia y nos quedamos solos, solos en compañía del dolor que ya es parte de ti. La soledad se hizo amiga y ya no querés a nadie más para hablar, el teléfono suena y la ayuda está llegando; pero es tarde, demasiado tarde. Ahora el dolor vuelve a ser mi esencia y la soledad mi vieja amiga, nos reencontramos luego de la tregua de esperanzas rotas y llamadas no atendidas. Nos vamos de la mano intentando consolarnos.

¿Y si nos decimos adiós?

Algunas veces quieres gritarle al mundo que no siempre estarás aquí, que las horas pasan y la vida se va acabando. Que quizás crean que siempre vas a estar, qué responderás a sus mensajes y a sus llamados. Tal vez, hoy no les importe responder ese mensaje que pregunta cómo estás o atender a esa llamada que habían programado, porque siempre habrá otra oportunidad, otra llamada, otro mensaje.

Probablemente esas cosas carecen de importancia, el interés se va perdiendo con el tiempo y la intensidad de las conversaciones va perdiendo ese poder, porque hoy hay alguien nuevo por conocer, un otro con quien compartir. Pero qué pasará mañana cuando me haya cansado de esperar, cuando sea yo quien necesite ese apoyo, ese hombro para llorar y ya no quiera estar para los demás; la verdad es que ya no tiene importancia.

Nos vamos alejando y en ese camino soy yo quien toma otro rumbo, otras decisiones. Elijo el adiós sin explicaciones, sin menciones; me marcho de a poco y en silencio. Para no despertarte, para no alertarte. Me alejó pensando que quizá cuando te des cuenta de mi ausencia la pintura se haya secado y ya no queden recuerdos por crear. Me voy queriendo que lo notes y me pidas que me quede, me voy sin querer decir que me voy.

Lo que dices sin hablar

En tu piel veo el reflejo de la tristeza de los meses pasados, tu voz refleja el cansancio de la lucha incansable por el éxito. Ése éxito que se resume en sentir. Sentir que estás viva. Sentir que las cosas importan. No sentir a los que se alejan.

El blanco se hace más blanco y queriendo ocultar las penas, las piel deja entrever incluso lo que hay debajo. No podes evitarlo. Lo pueden ver. Pero sólo ven los que observan; aquellos que no se dejaron engañar por frases armadas. Esas que vos misma te repetís cada día para darte ánimos en la gran obra que montaste para aquellos a quienes querés. Pero el tiempo se agota y la obra dejará de ser un éxito, lo inevitable quedará al descubierto y quedarás a merced del tiempo. Un tiempo que será el descanso y la lucha, lo real y lo fingido. Un tiempo que diga que quizá sea tiempo de dejar entrar al drama y cual Shakespeare desgarrarte el alma en sentimientos para dejar paso a las nuevas cosas.

Veo la tormenta a través de tu piel, veo el cansancio a través de tus ojos, siento la pena a través de tu voz. Veo el tiempo pasar dejando sus estragos y un alma en pena en busca de un lugar de paz. Más te digo niña qué pálida estás, deja que el alma libere el dolor, que las penas se laven entre lágrimas salidas de un alma rota. Deja que el vacío haga su aparición estelar, que cumpla su rol y termine su escena, déjalos hacer su función y déjalos marchar. Porque estos, a diferencia del tiempo, estos son pasajeros.

Volver a elegirnos

Las palabras salieron como un torbellino y mi corazón me gritaba que me callara, que cerrará de una vez mi boca. Sabía que era un completo error desde el momento en que dejé salir el aire entre mis labios, más no pude detenerme. Con la mente revuelta y el corazón en las manos intento entender cómo he sido capaz de herirte tanto. Las palabras atravesaron tu rostro dejando en mis manos la pena de mi amor y mi propio corazón sangrando por haberte lastimado.

Mi amor, el tiempo vuela como si hubieran pasado siglos y los segundos se hacen años mientras voy intentando aprender la mejor manera de salir a la superficie. Sé que aún estás ahí, sé que no te has marchado, más enséñame la mejor forma de quererte. Mostrame el camino que me guíe a vos, ese que junta nuestro ser y nos hace ser uno con el otro.

Sé que nuestra historia aún no llega al final, que queda mucho para amarnos y que los errores no se olvidan sólo por desearlo. Que debimos compartir más nuestras penas y que todavía queda mucho por aprender. Más mi vida, mi amor, quizá no soy yo a quien le toca decidir, pero hoy te digo y te repito que aún estamos a tiempo de volver a elegirnos.

Artificial

En busca de un séquito de robots que hagan lo que él quiere, cuando él quiere. No discutas, no respondas, no hables, no opines, ay sí no pienses. Las marionetas rebeldes no te sirven para nada, las eliges silenciosas, las arma sumisas. No importa si sufren, si sienten, no se les permite sonreír demasiado, no se les permite tener cara de culo, siempre con la mirada fija y sin emociones. Casi muertas, casi vivas. En silencio cuando lo quieres, bailando cuando se le antoja. Respirando despacio para que el sonido del ingreso del aire no moleste al artífice de la gran obra maestra.

Manotazo de ahogado

Un último manotazo intentando salvar lo que algún día fue, con gritos ahogados por las lágrimas, tantas que ni vos mismo te reconoces cuando el sonido llega a tus oídos; y una batalla que está perdida desde el inicio.

Las verdades individuales nunca dejan espacio extra, no importa cuanto luches porque ya perdiste la batalla. La estocada final, un golpe bajo que no sorprende, pero que aún genera dolor y las malditas lagrimas caen como muestra de la victoria ajena. Una vez más logra romperte y quedas indefensa ante aquel que debió velar por tus sueños.

El dolor rompe definitivamente los últimos rastros de lo que fue, un manotazo que lo único que logró fue hacer arder las últimas palabras y dejar en su lugar un hondo vacío.

Mentiras

Las palabras se atragantan en mi garganta, hay tanto por decir que no puedo poner en orden mis pensamientos. Las mentiras me alcanzan y comienzan a teñir todo de un color opaco, los colores vibrantes se perdieron hace años dejando en su lugar unos sosos tonos pasteles y hoy, hoy ni siquiera existen esos pasteles.

Una vez más las lágrimas amenazan con salir, pero están distantes, atrapadas y no pueden siquiera ponerme los ojos vidriosos. Crece la angustia con su clásica sonrisa en el medio del rostro, no, las emociones no están permitidas. ¡No! No digas nunca lo que llevas como un peso sobre tu cabeza. Siempre es mejor callar.

La mentira te alcanzó y te manchó con su horrible color, ahora sólo resta quedarse quieto; no tocar a nadie para no mancharlo. Que las mentiras se queden en donde están, felices de montar el show, complacidas de su compañera más cercana. Esa que se cierne sobre los que están manchados y que manchan, la que se vuelve parte de lo cotidiano y conocido. Ahí llega la hipocresía, lista como siempre para ser la estrella detrás de las mentiras.

Tormenta

El líquido que envenena y se convierte en palabras hirientes. El aire se llena de incertidumbre por lo que vendrá. Rogamos por la calma, cuando sabemos que la tormenta ha comprado todos los números y es la visitante habitual.

Nuestras manos se cansaron de intentar lo imposible, hartas de apretar el dolor en el pecho, inútiles frente al líquido que corre cual sangre y saca hasta los pesares más antiguos. Poco a poco vuelvo a respirar, la tormenta pasó y volvemos a recoger los despojos que dejó a su paso.

Agradecimientos

Creo que siempre debe ser raro escribir los agradecimientos, las palabras nunca son suficientes y cada una de las personas que son parte de este proceso, ponen un pedacito de su corazón en cada línea. Pero sin extenderme demasiado como suelo hacerlo, quiero agradecer a cada una de los que me acompañaron y me brindaron su tiempo. A los que me escucharon incontables veces hablando de esto, los que me vieron llorar, los que me impulsaron a que siguiera con este proyecto. Los que leyeron la edición cero, recién terminada y los que lloraron con alguno de estos textos.

Gracias se queda corto para lo que siento, pero a falta de una palabra mejor GRACIAS INFINITAS. Los amo con mi vida, sin su aliento probablemente las palabras que recorren este libro hubieran quedado guardadas en mi computadora por siempre. A las personas que inspiraron estas cosas, también gracias, el dolor nos hace crecer y yo crecí muchísimo. A los que compartieron sus sentimientos conmigo e inspiraron algunos de estos textos, gracias por confiar en mí, los amo. Gabi, mi amarillo del alma, gracias por esa hermosa introducción, te amo por siempre. Nash, amiga, gracias por tus palabras al leer el libro por primera vez, esas que se convirtieron en la contratapa, te amo nena, gracias por estar siempre y saber entenderme. Ana, gracias no alcanza, sin vos esto no sería posible.

Para finalizar, gracias a mis hermanos que me leyeron y apoyaron, a mi sobrinas, perdón por hacerlas llorar, y a mis papas que me vieron encerrada más de una vez con la computadora. Los amo.

Finalmente, gracias a todos los que se tomaron el tiempo de leerme, de sentir e inspirar este libro junto a mí. Una vez más gracias, gracias, gracias.

Erika

Índice